KB218762

홍범도

황금알 시인선 302
홍범도

초판발행일 | 2024년 10월 31일

지은이 | 이동순
펴낸곳 | 도서출판 황금알
펴낸이 | 金永馥
주간 | 김영탁
편집실장 | 조경숙
표지디자인 | 칼라박스
주소 | 03088 서울시 종로구 이화장2길 29-3, 104호(동숭동)
전화 | 02)2275-9171
팩스 | 02)2275-9172
이메일 | tibet21@hanmail.net
홈페이지 | http://goldegg21.com
출판등록 | 2003년 03월 26일(제300-2003-230호)

홍범도

이동순 시집

황금알

교양과 상식으로 이미 확정된 내용을 우리는 지식이라 부른다. 홍범도 장군은 전체 한국인의 자랑스런 지식이다. 어떤 힘으로도 그것을 일부러 왜곡시키거나 변조할 수 없다. 그런데 그 확정된 지식을 바꾸려 드는 무모하고 불순한 세력들이 있다. 이는 민족사의 흐름 속에서 참 불경不敬한 교란이며 그 의도가 자못 의심스럽다. 그들은 홍범도 장군 흉상에 대해 '철거'라는 용어를 써서 씻을 수 없는 모욕과 상처를 남겼다. 그 저의에 '뉴라이트'라는 막된 이데올로기가 자리 잡고 있음을 우리는 안다. 더욱 놀라운 것은 지난날 식민통치가 결코 침탈이 아니라 한국근대화의 은혜로운 경험이자 기반이었다고 그들은 거침없이 밝힌다. 더 나아가 독립투쟁사는 건국에 아무런 의미를 지니지 못한다고까지 뇌까린다. 참으로 억장이 막히고 가슴 속에 새삼 분노가 치밀어 오른다. 그 위험한 세력들은 야만적 폭력성의 실현을 위해 홍범도 장군을 볼모로 삼았다. 왜 하필 홍범도 장군인가. 이는 용서할 수 없는 일이다. 온통 어수선한 소란 속에서 시가 폭포처럼 쏟아졌다. 홍범도 장군이 나를 통해 온갖 말씀을 전해주셨다. 나는 홍범도 장군의 신령이 '공수貢壽'로 보내주시는 말씀의 대리인이다. 홍장군의 답답한 가슴이 쏟아내는 말씀을 이 시집 한 권에 옮겨 담았다.

시집의 제1부는 홍범도의병대 시절, 함경도 주민들이 즐겨 불렀던 동요형식을 적극 활용하였다. 2부와 3부는 국내의 화가, 조각가들이 얼마 전 서울 종로구 인사동 나무아트에서 열었던 '홍범도 초상전'의 출품작에 가서 받은 영감을 시작품으로 다듬었다. 4부와 5부는 홍범도 장군의 삶에 나타난 인간적 풍모를 세밀히 살려내려고 했다. 홍범도 장군을 속히 제 자리로 모시고 술 한 잔 올려야겠다.

2024년 9월
이동순

차 례

1부

3부

4부

5부

1부

달밤의 행군

달빛이 빛나네
대낮같이 빛나네
환한 보름달 밑에 서서
우리의 홍대장
작전지도 펼쳐놓고 뭘 궁리하시나

어디로 어떻게
왜적들 유인해 낼까
어느 벼랑 어느 골짜기가
우리 의병대 싸우기에 가장 유리할까
어디서 어떤 작전 펼칠까

홍대장 머릿속으로
환한 달빛이 스며드네
깊은 밤 산악행군도 달빛 있으니 거뜬
의병대 이끌고 성큼성큼 가시는
홍대장 앞길이 눈부시네

어머니 이별

어머니
제발 울지 마셔요
이 아들은 그렇게도 바라던
홍범도의병대로 드디어 들어갑니다
세상에 이보다 더 기쁜 일이
어디 있을까요

제 가슴은 마치
장가드는 새신랑처럼
그저 즐겁고 가슴이 두근거린답니다
어머니 너무 걱정 마셔요
산속에선 범처럼 날쌘
홍대장께서 저를 지켜주실 테니까요

가서 왜적부대
마음껏 쳐부수고 돌아올게요
언제나 부끄럽지 않은
자랑스럽고 용맹한 아들이 될게요
이기고 돌아오는 그날까지
어머니 부디 잘 계셔요

후치령厚峙嶺

깎아지른 벼랑
바위틈 오솔길로
누가 저리도 쏜살같이 달려가나
말로는 무적황군
알고 보니 일본군 토벌대였네

홍범도 잡아 오라는
높은 놈의 명령 받들고
어쩔 수 없이 후치령 숲속을 헤매는
잔뜩 겁먹은 왜적군대
싯누런 군복의 저 졸개들

몹시 불안한 걸음걸이로
이리 두리번 저리 휘둥글
잔뜩 움츠린 자세로 갈팡질팡
그때 어디선가
홍범도 나타났다 고함 소리 들리네

놈들은 들었던 총 팽개치고

마구 비명 지르며 도망치기 바쁘네
일단 살고 봐야 하니
걸음아 나 살려라 줄행랑
이게 그 시절 풍경

* 후치령 : 함경남도 북청군 이곡면과 풍산군 안산면 사이에 있는 해발
  1,335m의 높은 고개.

아가야 울지 마라

아가야
울지 마라
아가야 울지 말아라
네 아버지는 함경도 땅
울창한 개마고원 수림 속으로
삼천만 우리 동포 행복 찾으러
홍범도의병대에 가시었단다
홍대장 부하 되어 떠나셨단다

오늘은 이 마을
내일은 저 골짜기
뒤쫓는 왜적 군대 때려 부수고
아무도 모르는 수림 속으로
바람처럼 살그머니 떠나셨단다
네 아버지 지금쯤 산중에서
저 달 보며 네 생각 하고 계시리
내일도 힘차게 싸우시리

자장가

자장 자장 우리 아기
눈이 커서 잘도 찾고
코가 커서 잘도 맡고
귀가 커서 잘도 듣고
입이 커서 잘도 먹고
손이 커서 통도 크고
발이 커서 잘도 걷고
자장 자장 우리 아기

은자 동아 금자동
어서 어서 크거라
빨리 빨리 자라라
쑥대같이 솟아서
범도 대장 뒤따라
잃은 나라 찾지야
왜적 놈들 몰아내
우리 조선 세우자

* 1910년대 중반 함경도 지역 민간에서 많이 불렸다는 자장가 사설의
  형식을 활용하였다.

골목대장

어머니 어머니
날 꾸중하지 마셔요
장난질 유별나게 심하다고
너무 꾸중하지 마셔요
남의 집 장독 깨고
야단법석 말썽꾸러기지만
이래 봐도 힘센 골목대장이지요

오늘은 비록
우리 동네 골목대장이지만
내일은 홍범도의병대 소대장 할 거예요
개마고원 홍범도의병대 찾아가
내일은 진짜 의병
홍대장 부하 의병 되어
왜적 놈들 혼내고 공 세울 테요

범 범 무슨 범

범 범 무슨 범
쪽발이 잡는 무서운 범
침략자 쪽발이 왜놈만 찾아
족집게처럼 쏙쏙 골라서 잡는 범

이리 피하면 저리 따라잡고
저리 달아나면 삽시에 휘돌아 막으니
아이 무서워 무서워
천지간 그 어디건 숨을 곳 없네

세상에 그 어디건
네놈들 도망칠 길 없으리
아예 달아날 생각 포기하고
그 자리에 눈 감고서 기다리거라

천하무적 장군 범
왜적만 쏙쏙 찾아서 때려잡는
범 범 장군 범
홍범도 장군 범 납시오

팽이

팽이야 팽이야
돌아라 자꾸 돌아라
윙 윙 소리 내며 잘도 돌아라
너는 말벌처럼 붕붕
나래 치며 잘도 도는 구나

팽이야 팽이야
내가 깎아 만든 박달팽이야
우리 땅에 기어든 섬나라 도적 떼
승냥이무리 몰아내라며
오늘도 우는 구나

쌩쌩 소리치며
잘도 도는 팽이야 팽이야
치면 칠수록 잘 도는 박달팽이야
너는 지금 홍대장 따라서
빼앗긴 나라 찾으라고 우는구나

호박 대가리

왜놈의 대가리는
호박 대가리
홍 대장 불벼락에
여기저기서 떼떼구르르
어제는 갑산에서 떼떼구르르
오늘은 동산리에서 떼떼구르르

응구텍이에서 떼떼구르
봉오동 청산리에서 떼떼구르르
싸우는 족족 어김없이 떼떼구르르
홍 대장 불벼락은 과연 무섭소
이러니 왜적 놈들 홍범도 이름만 듣고도
바로 꼬랑지 내리오

홍범도 군가

우리 마을에 오늘
홍범도의병대 오셨습니다
늠름한 홍대장
앞에 나서서 먼저 인사말 하시고
그 뒤로 줄지어 선
의병대는 좌우로 몸 흔들며
씩씩한 목소리로 군가 불렀습니다

물 떠나 고기는 살 수 없으며
겨레 떠나 군대는 있을 수 없다
백성의 바늘 한 개 실 한 오리
쌀 한 알 한 조각 헝겊이라도
범하거나 손해를 끼치지 말자
화평 민주 독립 위해 싸워나가며
백성 위해 싸우는 홍범도의병대

이 노래 듣는데
사람들은 울면서 눈물 닦았습니다
제목이 '애민가'라 했는데

어찌 그리도 가슴을 후벼 파던지요
의병대 잠시 머물다 떠난 뒤
우리는 홍대장 그리울 때마다
홍범도 군가 불렀습니다

의병대 습격

우리 마을
저 순사 보조원 놈은
일본제 수수깡 안경 끼고
개가죽 나막신 신고
바닥에는 징 박아서 뚜거덕 뚜거덕
금테 순사 모자는 비뚜름
젠 척하며 게트림
양철로 만든 일본도 하나 차고
괜히 뽐내지

걸을 때마다
허리에서 철거덕 철거덕
하지만 네 세상은 곧 끝나리니
마음 준비하거라
오늘 밤 홍범도의병대가
우리 마을 들이친다는 소식
모조리 깨어 부시고 박산 내리니
홍대장 번쩍번쩍 뛰는 곳에
네놈들 목숨은 파리 목숨

아무리 주민들 괴롭히고
강짜 놓고 못된 성화 부려도
네놈들 목숨은 오뉴월 파리 목숨
홍대장 파리채 한 방에
네놈들 달아날 곳 세상엔 없지
이리 탁 저리 탁
시원하구나 진정 통쾌하구나
어디로 뛸소냐
뛰어본들 쫄쫄이 꼴랭이

홍대장 오시는 날

오늘은 아침부터
까치가 유난히 짖어대네
무슨 일인가 했더니 아니나 다를까
한낮에 기쁜 소식이 왔어요
홍범도의병대가 우리 마을에 오신다네
어른들 몰래 귓속말로 소곤소곤

온 마을에 활기가 도네
마치 잔칫집처럼 사람들 모여서
쌀 씻고 장작 패고
돼지 잡아서 수육 썰고
순대 삶는 냄새도 구수하게 풍기네
홍대장이 왜적부대 쳐부셨다네

산채로 떠나는 길에
우리 마을 들러 식사하고 가신다네
이보다 더 흥겨운 잔치 없네
가까이서 홍대장 뵐 수 있는 멋진 기회
벌써 가슴이 두근두근
오늘은 홍대장 오시는 날

홍대장 수염

사진사 박씨
평생 셔터만 누르고 살아
왼쪽 눈이 찌그덩
아주 내려앉은 눈시울이
그냥 맨얼굴에서도 찌그덩
꼭 우는 거 같네

홍대장 수염은
좌우가 삐딱하다네
왼쪽 수염 아래로 자라는데
오른쪽 수염은 자꾸 위로만 솟구쳐
총 쏠 때 너무 눌려서 그렇다네
빗질이라도 좀 하시지

마을 잔치

왔다 왔구나
홍대장 오셨구나
마을에선 북 장구 치고
징과 꽹과리는 쾅쾅 차잘찰찰
풍물패가 한바탕 상모까지 돌리며
홍범도의병대 맞이하는데

씩씩하고도 힘찬 발걸음
그 격전 치르고도 아직 거뜬한
의병대 대원들 걸음걸이 사뿐사뿐
수줍은 마을 처녀들 사립문 뒤에 숨어있고
마을 사람들 모두 나와
행군하는 의병대에 박수 보내네

우리의 홍대장은 이미
왜적 공격 대비해 사방에 파수 세우고
마을 공터에 깔아놓은 멍석 위에
빙 둘러앉아 밥상을 받네
뽀얀 김 피어오르는 장국에 막걸리에

두툼히 썰어 담은 돼지수육 접시

홍대장님 벌떡 일어나
마을 사람들께 인사말 하시네
크고 우람한 체격
코밑에는 수북한 콧수염
목소리는 범처럼 우렁우렁하시네
사랑채 방문이 덜덜 떨리네

주민들 큰 박수로 격려하니
그제야 전체 대원들 식사하네
모두들 허겁지겁
걸신들린 듯 잘도 먹네
주면 주는 대로 두세 그릇 뚝딱
아낙네들 그 광경 보며 웃네

2부

범

먹과 목탄으로
종이 위에 굵은 빗금
이리 치고 저리 그으며
멀찌감치 떨어져 다시 보고
캔버스에 다가가 또 터치

동서남북 사방으로
온갖 빗금과 곡선과 점들 서로 어울려
마침내 윤곽 드러내는데
놀라워라 그 이목구비 주인공
과연 누구인가

우리 눈에 몹시 친숙한
한 마리의 백두산 호랑이
서민에겐 한없이 자애롭고 다정하신
민중의 벗 펄펄 나는 홍범도
날개 달린 장군

진흙 투사들

진흙으로
반죽해 구운 투사들
앞줄 맨 중앙엔 홍범도 장군
늠름히 서 계시고

그 양옆으로
안중근과 윤봉길
이봉창과 뒤에 선 여러 무명용사들
모두 하나같이 결연한 표정

두 주먹 불끈 쥐었거나
양손에 하나씩 폭탄을 들었네
또 어떤 분은 팔짱을 꼈네
일제히 무언가를 향해 소리치네

휘몰아치는 바람 속에
분노와 절규와 함성 들리네
대한독립 만세 소리도 들리네
귀에 쟁쟁 귀에 쟁쟁

나, 홍범도

나, 홍범도는
맹호출림의 평안도 사람
어떤 불의도 못 봐
어디서 감히 나라를 갉아 먹나

내 눈에 띄는 즉시
네놈들은 죽은 목숨이라
나는 결코 용납 못 해
나 화나면 물과 불 전혀 안 가려

내 몸 부서지고
이미 세상에 없지만
날마다 무덤에서 슬그머니 빠져나와
전국 곳곳 청소하러 다니네

겨레 단합 허물고
분단체제 영합해 즐기며
강대국 노예로 살아가려는 저 반역자
공공의 적 찾아서

* 맹호출림(猛虎出林) : 흥선대원군의 문객 윤행임(尹行恁, 1762~1801)
  이 말했다는 평안도 사람들의 성정과 기질.

정신 똑바로 차리라

판화로 빚은
홍범도 장군이
나무합판 위에서 노기 띤 눈 부릅뜨고
오른팔 앞으로 쑥 내밀어
뾰족한 검지는 무얼 가리키시나

대체 무얼 가리키시나
정신줄 놓고 사는 것들
제 분수도 모르고 날뛰는 것들
무엇이 옳은지 분간조차 없는 것들
우르르 개떼처럼 몰려다니며
갈팡질팡하는 것들

그 얼빠진 무리를 향해
손가락 단호하게 내뻗으시네
정신 똑바로 차리라
똑바로 차리라
차리라

장군의 초상

범이 범을 탔네
저 개마고원에 나타난
한 마리 누런 범
눈부신 황금빛으로
어둡던 숲이 일시에 환해졌네

그 범의 등에는 누가 앉았나
어깨엔 베르됭 소총 메고
무성한 콧수염
어딘가를 향해 크게 함성 지르시는
홍범도 장군이셨구나

이마에 임금왕 자 선명한
호랑이 눈은 무언가를 줄곧 쏘아 보네
나라와 겨레 갉아먹는
반역자 매국노 무리를 향해
곧 달려갈 기세로

서울에 오신 홍범도

서울의 저녁
종로 인사동 뒷골목
담벼락 위에 카드대출 스티커
미인 집결 다양한 맛
삶의 온갖 고난 해결하려면
양평해장국 5층으로 일단 와보시라는
수상한 광고 위로
홍범도 장군이 오셨네

장군은 눈 부릅뜨고
손가락으로 정면 가리키시네
수염도 화가 나서 부르르
우렁찬 절규도 들리는 듯하네
너무 외쳐 목이 쉬었네
무엇이 그리도 화가 나신 것인가
야 이놈들아
너희 지금 뭐하는 거냐

이 후미진 골목에

술 취해 껴안고 부비는 것들
찍찍 침 뱉으며 대마초 피는 것들
팔 걷고 주사침 찔러대는 것들
홍 장군은 서울 뒷골목에서
얼빠진 인간들 향해
크게 호통치시네
야 이놈들아 정신 차려라

맹호도猛虎圖

유라시아
대륙의 동쪽 끝
남북으로 길게 붙은 한 마리 맹호
발톱 세운 두 앞발로는
두만강과 압록강 움켜잡고

동아 대륙 향해
뛰는 듯 펄펄 나는 듯
기운차게 튀어 오르려 하네
호랑이 머리는 백두산
힘찬 뼈대와 등줄기는 백두대간

범 내려온다
저 범이 곧 내려온다
평안 황해 전라는 앞 뒷다리
길게 휘감은 꼬리는 한려수도
그 맹호 오늘 화가 났네

백두산 천지는 범의 코

홍범도 장군은 긴 가죽 장화 신고
맹호의 입에 걸터앉았네
그 어떤 외세도
한반도 함부로 넘볼 수 없네

내일을 위해 쏴라

왼손은
주먹 꽉 쥐고
오른손엔 권총 들었네
입은 굳게 다물어 결연하고
눈빛은 표적을 향해 날카로운 집중
장군의 뜻은 분명하네

총구가
겨냥한 곳 어디인가
그 모든 부정부패
불의 부조리 분단모순
대립 갈등 분열 이간질 마타도어
온갖 반역과 매국노 향해
방아쇠 당기네, 쾅!

영웅의 눈물

짙은 눈썹
얼굴 가운데의 뭉툭한 코
그 아래로는 억실억실한 콧수염
광대뼈는 퀭하고
쌍꺼풀진 두 눈은 감겼네
오늘따라 지그시

그런데 장군의 오른쪽 눈가에서
물방울 흘러내리네
주르르 주르르 하염없이
아비보다 먼저 죽은
두 아들 생각하시는가
왜적 고문 받다 돌아간 아내 생각하시는가

아니다 아니다
영웅의 눈물은 허탈감 때문
평생 눈보라 속에서
왜적들과 싸웠지만 결국 빈손
고국에 돌아와 당하는 시련과 모욕
그게 참담해 흐르는 눈물

별들의 소환

마당에 멍석 깔고 누워
하늘의 별을 헤네
오늘따라 별이 또렷하네
한참 보고 있노라니
별들이 사방에서 몰려드네

제각기 어떤 자리로 가네
어떤 별은 모자가 되고
어떤 별은 이마의 패인 고랑
어떤 별은 눈썹 자리
어떤 별은 굵고 슬픈 눈망울

어떤 별은 콧수염
어떤 별은 두툼한 입술
어떤 별은 온 얼굴의 깊은 주름
그 주름은 한반도의 백두대간
산골짜기와 등성이 되네

오늘 밤 별들은

홍범도 얼굴 그리고 있네
이게 무슨 일인가
대체 누가 시켰는가
누가 하늘의 별들 불러 모았나

손자를 안은 홍범도

봄바람에
꽃잎 흩날리는데
홍범도 장군이 손자랑 노시네
환한 꽃그늘 아래 둘이 앉아
손자와 할아버지는 서로 마주 바라보네
눈빛 비벼대며 웃네

손자는 할아버지
낡은 군모 벗겨서 만지며 노네
땀 냄새는 할아버지 냄새
홍 장군은 바위에 몸 기대고
이런 손자 보면서 웃네
꽃잎이 팔랑팔랑 축복처럼 떨어지네

이게 사실이면 얼마나 좋으리
큰아들 양순이는
함경도 정평 바배기 전투에서 죽고
작은아들 용환이는
북만주 외진 곳에서 결핵으로 죽었는데

손자가 있을 리 있나

하지만 화가는
이 뼈저린 아픔 헤아리고
홍 장군 가슴에 어린 손자 안겨주었네
가장 놀랍고 눈물겨운 선물이구나
갸륵하여라 화가의 깊은 속이여
예술의 숭고함이여

색안경에 비친 홍범도

그 여성 화가는 늘
자신의 색안경 렌즈에 비친
오브제를 즐겨 그리지
오늘은 무얼 포착해서 담았나

검정 유리알 속의 하늘은 파랗네
맑게 갠 하늘이지만
거기 보이는 사내의 얼굴은 어둡네
오랜 시달림에 수심이 가득

함부로 대한해협 건너와
총칼 들이대며 조선백성 유린하는
저 강도 왜적 무리 생각하니
한시도 마음 편할 날 없네

사내 얼굴은 수척하고
여러 날 불면으로 눈엔 쌍꺼풀
화가는 안경에 정성껏 그려 모시고
그 위에 바니쉬로 광택 내었네

안경알은 마음의 스크린
이 며칠 슬픈 그 사내 줄곧 오셨네
불현듯 창문에 비친 그의 얼굴 담았지
그리곤 앞에 서서 담배 한 모금

촛불 홍범도

파라핀으로 만든
홍범도 장군 앞에 섰네
정수리엔 심지 박아
촛불 밝혔네

촛농은 흘러내려
등과 앞가슴에서 길게 굳었네
홍 장군 가슴 속
깊은 한과 슬픔인가

여러 날 지나서 보니
애달파라 가슴 쓰라리구나
장군의 얼굴이 절반쯤 사라졌네
가족들 먼저 하늘로 보내고

만리타국 살다가
돌아온 고국에서 당하는 수모
그 모질고 흉측한
반역자의 난동에 받은 상처

빠개질 듯 아픈 머리가
고통으로 주르르 녹아내렸구나
온몸 밝히는 흉범도 촛불
그러나 장군은 얼굴이 없네

아, 어찌 나에게

내가 뭘 어쨌다고
한 시도 쉼 없던 구국의 길
누가 이 혹독한 시련
감당이나 할 수 있었으리

오늘 우리 홍 장군
몹시 힘들어하시는 그 모습 보니
비바람 눈보라에
오래 시달린 바위벽 같아라

모자는 벗은 채
이마가 만주벌판으로 황량하네
곰 털처럼 억센 눈썹
찌푸린 양미간

그 아래로
부리부리한 눈은 감으셨구나
하지만 고통의 표정은
얼굴에서 감출 길 없어라

말씀 한마디 없지만
어떤 심정인지 우리는 알지
움푹한 볼우물 그 아래로 꽉 다문 입에선
'아, 어찌 나에게'

3부

불꽃

당신의 생애는
활활 타오르는 불꽃
언제나 불꽃 속을 달려왔고
지금, 이 시간도 불꽃 속에 계시나니

돌아다보면
그 어느 한날한시도
불꽃 속 아닌 적 없었지
타오르는 불꽃에 화상 입었고
가슴 속에는 펄펄 끓는
용암이 콸콸

고운 당신은 기어이
스스로 삶 아주 불사르고
겨레 가슴 속에서 영원 불꽃 되셨네
우리는 오늘
한 떨기 불꽃을 보내

땅으로부터

모든 것이
거기서 시작되었다
하늘은 그 땅을
제 품에 고이 안고 보듬었다
땅에서 곡식이 나고
땅의 힘으로 인간이 살았다

홍범도 역시
땅의 아들 머슴의 아들
이 나라 흙에서 태어나 자랐고
그 땅 지키며 살았다
어떤 운명의 파란 몰려와
기어이 타국으로 흘러 떠돌며
외롭게 살다 죽었다

뒤늦게 고국이
그를 거두어 모셔 와서
땅에 고이 묻었다
살아생전 그의 발자취 되새기는데
못난 인간들 소란하다

눈보라 헤치고

백두산 준령
개마고원에서 전투할 때
이런 눈보라 자주 만났으리

대세에 떠밀려
두만강 넘던 슬픈 밤에도
이런 자욱한 눈보라 또 만났으리

청산리전투 끝내고
만주벌판 걷고 걸어 아무르강 넘을 때도
이런 세찬 눈보라 만났으리

가만히 생각해 보면
홍 장군 살아오신 일생은
늘 앞이 안 보이던 눈보라였으리

그 눈보라 헤치고
오늘 고국 땅에 돌아오셨는데
또다시 앞길 가로막고 휘몰아치는
모진 눈보라

홍범도가 오셨다

홍범도가 오셨다
눈부신 아침 햇살로 오셨다
무지와 맹종 걷어내라고 오셨다

홍범도가 오셨다
실안개 바람 향기로 오셨다
사람을 더욱 사랑하라고 오셨다

홍범도가 오셨다
돌주먹 무쇠주먹으로 오셨다
야만과 맹목 깨어 부수라고 오셨다

홍범도가 오셨다
활과 화살촉으로 오셨다
우둔과 무책임 단번에 쏘아 넘기라고 오셨다

홍범도가 오셨다
밀물과 썰물로 오셨다
자신을 서둘러 변혁하라고 오셨다

홍장군이 외친다

홍범도 장군이
높은 망루에 올라 외친다
사방으로 크게 외친다
가슴이 답답해져서 외친다
앞뒤 좀 가리라고 외친다

참다 참다 외친다
피눈물이 솟구쳐 외친다
목이 메고 억색해서 외친다
눈앞이 캄캄해져서 외친다
어찌 그리도 미련스러우냐고 외친다

걱정 근심 쌓여서 외친다
대체 어쩌려고 이러는가 외친다
제발 정신 차리라고 외친다
나라 망하면 어쩔 거나 외친다
그러다 바보 된다고 외친다

가만히 귀 기울여

다소곳이 가슴으로 듣는 말씀
온몸으로 소스라쳐 일어나 듣는 말씀
역사를 지우려는 자
네 미래는 없다

백두산의 아침

긴 밤이 샌다
드디어 동녘 밝아온다
동지들 간밤에 얼마나 추웠나
장군은 일일이 다니며
잠든 대원들 깨운다

일찍 일어난 새들 지저귄다
백두산 숙영지가 점점 밝아오니
통발 개미취 어저귀 원추리
큰하늘나리도 보인다
제비동자꽃 저 혼자 요염하구나

동지들 새날이 밝았다
왜적들 더듬어 오기 전에
우리가 먼저 서둘러 길 떠나자
하루도 쉬지 않고 싸우는
우리 홍범도의병대

그대들 쏟은 피와 땀으로

빼앗긴 나라 되찾고
백성들 잠시라도 안전하니
어찌 우리가 일신의 편안함만 구하리
새날의 홍범도의병대

산포수 홍범도

어딜 보나
영락없는 포수
누가 보더라도 산중 포수
벙거지 밑으로
부리부리한 두 눈
굵고 숱 많은 눈썹과 콧수염
검게 탄 얼굴 우렁우렁한 목소리
그 앞에 서면 오금이 저려

깊은 산에 들어
짐승 발자국 더듬어 쫓고
길목에 숨죽이고 기다리다가
마침내 목표물 향해 쾅
굳게 뭉치면 안 될 일 없지
의병대장 홍범도는
표적을 산짐승에서 왜적으로
바꾼 것뿐

짐승은 절대로

사람을 속이지 않지만
왜적은 강도의 꼬락서니로
이 나라와 겨레 짓밟고 능욕하네
황급히 내 총구
놈들에게 돌려야 해
섬나라 도적 모조리 찾아
놈들 씨를 깡그리 말려야 해

보초 홍범도

장총 들고 선
겨레의 보초 홍범도
그 좌우로는 꽃 두 송이
남녘 꽃 무궁화
북녘 꽃 산목련 어울리는데
저 위로는 어린 꽃봉오리

어여쁘게 벙그는데
이런 든든한 보초 굳게 지키는
우리나라 좋은 나라
튼튼한 나라
범도 보초 지키는 나라
살기 좋은 나라

내 사랑 네 사랑 우리 사랑
모두 한자리에 모아서
통일 모꼬지 하세
그런 감격의 시간 다가오면
우리 함께 얼싸안고

펑펑 울어나 보세

그리곤 어깨 겯고 눈물 닦으며
힘차게 불러보세
겨레 아리랑
아리랑 아리랑 아라리오
목이 터져라 불러보세
겨레 아리랑

욱일기旭日旗를 향해 쏘다

봉오동 청산리에서
그토록 혼쭐이 났건만
저 왜적 놈들 아직도 정신 못 차리고
틈만 나면 한반도 엿보네
온갖 침탈로 우리가 피눈물 흘리던
그 시절이 또 그리운가

잊을 만하면
우리 가슴에 상처 주고
칼날 박아서 힘 빼려 하네
네 이놈 왜적들아
단호히 매섭게 명하노니
두 번 다시 이 땅 넘보지 말라

너희가 지금도 걸고 다니는
흉측한 욱일기 향해
나는 연발로 사정없이 총 쏘리라
그 깃대 부러지고
땅 위에 쓰러져 불타 재가 될 때까지

적의 심장으로 마구 쏘리라

* 욱일기(旭日旗) : 현재 일본의 자위대가 사용하고 있는 공식 깃발로
  과거 군국주의 일제가 사용하던 군기(軍旗)였다.

홍범도 판화

돌 나무 금속에
날 끝으로 밤새 새긴 칼 자리만
무려 일만 회도 넘지
하지만 아무리 많다고 한들
당신의 아픈 가슴 속
깊은 한 쌓인 슬픔보다 많을까
하늘엔 깊고 막막한 어둠

두 줄 세 줄 네 줄
어떤 칼 자리는 다섯 줄
작가 손가락엔 멍들고 피도 흐르는데
이렇게 새기다 날 밝았어
정직한 판화 솔직담백한 판화
무한상상력 일어나는 판화
심오하고 오묘한 판화

새기고 새겨 그의 가슴 속
먹물처럼 발라 찍어낸 장군의 얼굴
솔밭에 혼자 들어가 소처럼 울었다던

그 참변 끝 당신 모습 생각나네
왜적에게 아내 잃었을 때도
이런 얼굴이었을까

빼앗긴 홍범도

화폭 속에
빼곡히 홍범도가 있다
모두 33인의 홍범도가 서 있다
앞의 홍범도는 키가 우뚝
저 뒤의 홍범도는
그보다 작다

모든 홍범도가
독립군 대장복을 입고
어깨로 비스듬히 가죽끈 메고
허리엔 권총을 차고 있다
33인 홍범도가
권총을 차고 있다

그런데 자세히 보니
한가운데 홍범도가 없다
빈 공간으로 뻥 뚫린 그대로다
여기 계시던 그분이 어디로 가셨나
우리는 홍범도를 잃어버렸다

누가 홍범도를 훔쳐 갔다

그 도적에게
빼앗긴 홍범도 되찾아오자
뻥 뚫린 제 자리에
다시 홍범도를 모셔다 놓자
도적들은 이 나라
독립투쟁사를 훔쳐 갔다

홍범도가 사라졌다

홍범도가 사라졌다
누가 홍범도를 훔쳐 갔다
홍범도를 찾아야 한다
도둑은 이 나라
독립투쟁사를 걷어찼다

앞이 안 보인다
불 켜라 어서 불을 켜라
다급한 외침 들리고
여기저기 한 점 두 점
작은 촛불 켜진다

촛불은 어깨동무하고
더 큰 밝음 지어 낸다
이윽고 어둠이 조금씩 밀려나고
흐릿하게 홍범도가 보인다
밤이 깊을수록 홍범도가 환하다

촛불 속에서

홍범도가 웃는다
촛불에 둘러싸여 홍범도는 밝다
그 누구도 훔쳐 가지 못하도록
촛불은 홍범도를 감싼다

슬픈 디아스포라

다시금
평전과 시집 읽노라면
일생토록 고난 속에 살다 가신
홍범도 장군 보이네
그 어떤 고통 속에서도
힘든 기색이나 표정 짓지 않고
의연히 묵묵히 살아가신
주름투성이 홍 장군 얼굴 보이네

오랜 풍찬노숙에서
그 힘 어디서 나왔을까
아내와 두 아들 나라에 바치고
만주 시베리아 광막한 벌판
조각구름으로 떠돌다
모진 눈보라 칼바람에 떠밀려
기어이 중앙아시아 거친 사막으로
또 쫓겨 간 당신

정든 옛 부하들

다 죽고 멀리 떠나고
고려극장 경비도 그만두고
방앗간에서 허드렛일이나 돕다가
차디찬 냉돌에 누워
쓸쓸하게 돌아가신 당신
이보다 더 슬픈
디아스포라 세상에 없다

홍범도 유고문

당당한 독립군으로
이 한 몸 빗발치는 총탄과
포탄 연기에 던졌노라

그 모든 것이
내 조국의 반만년 기나긴 역사
빛내려는 뜻이었노라

왜적에게
잃어버린 나라 되찾아
우리 자손만대에
행복 전하고자 함이었노라

이것이
대한독립군의 목적이고
겨레를 위하는 뜨거운 가슴 속
뜻이었노라

* 유고문(諭告文) : 홍범도 장군이 의병대장 시절 관북 지역 주민들에게
  알리던 글

4부

총기 압수

왜적이
가장 두려웠던 건
함경도 포수들 사냥총
이걸 빼앗으려고 만든 계략이
총포 및 화약류 단속법

포수들, 이 속내 모를 리 있나
놈들은 압수가 아니라
사용권의 합법적 인정 조치라 했지만
다 알지 총 가진 포수 겁내는 걸
그래도 속아서 많이 반납했어

홍대장 즉시 회의 열어
왜적들 후치령 넘을 때 공격해
그 총기 되찾기로 했지
눈 내린 후치령 정상 부근
세 군데로 나누어 매복

드디어 나타난 왜적들 타격해

빼앗긴 총 되찾았네
이게 홍범도의병대 최초의
신출귀몰 유격대
놀라운 승전

유격전

첫 전투 승리 소식에
많은 농민 포수 광꾼 해산 군인들
구름처럼 몰려왔어
북청진위대 소속의 한 무관은
포수 여덟 이끌고 입대

맹수 사냥에서 쌓은 풍부한 경험
부근 지역의 지형은
내 손바닥 손금보다 잘 알지
여기에다 홍범도 대장의
정확한 사격과 용맹무쌍한 작전

승리 거둔 뒤 재빨리
다른 곳으로 이동해버리는
날랜 기동력
왜적들은 어찌할 바 모르고
발만 동동 굴렀지

치고 빠지는 민첩성

이건 함경도 산포수만 해내는 능력
놀라워라 대단하구나
우리 독립운동사 최초의
빛나는 유격전일세

격문檄文

무릇 의병이란
예로부터 있어왔다
나라가 위기에 빠졌을 때
이에 맞서 통분의 심정으로
일으키는 의병은
하나의 법이요 상식이다

지금 그 위기를 당해
북관 7개 읍은 의병에 참여했다
그러나 함흥 원산 문천
영원 희천 고원 맹산 지역은
아직 전혀 지원자가 없다
이 무슨 까닭인가

이 격문 보는 즉시 분발하여
진을 구성하고 본대에 합류하라
이후로도 비협조가 보이면
반역자로 여겨 마땅히 응징하리라
이 격문으로 그 뜻을 알린다
창의대장 홍범도

베르됭 소총

19세기 말
조선 정부는 러시아로부터
베르됭 소총 7천 자루 들여와
대한제국 진위대에서 썼네
이 소총은 탄알 구하기가 쉬웠어
산포수들 전용 무기였지

홍범도의병대가
삼수의 왜적 떼 공격해
크게 이기고 성을 되찾았네
이날 무기고에서 소총 수십 정 노획했지
이게 베르됭 소총이었는데
홍 장군 가장 아끼던 애장품 되었어

이후 모든 의병전투와
연해주 망명 시절에도 이 소총
항상 품고 다녔네
홍 장군의 그 백발백중 사격 솜씨
남들에게 보여줄 때 무기도
바로 이것이었어

밀정

세상에 세상에
그리 할 일이 없던가
1920년대 연해주 육성촌
그곳 주둔 왜적 군대에서
통역으로 살아가던 김연학이란 놈
어찌 어찌 배운 왜말로
왜적의 전속 통역되었는데

이놈이 통역질만 하지 않고
비밀정탐까지 했어
미운 동포 신고해 잡아가게 하고
더러운 돈 벌어 떵떵거리며 살았지
홍범도 장군이 이놈 단단히 벼르었는데
어느 날 드디어 전투가 벌어졌지
교전은 승리로 끝이 났고

죽은 왜적들
소달구지로 줄줄이 실어내는데
그 옆에 쓰러져 나 죽소, 살려주오

애걸하는 한 놈 있었어
그자가 통역 김연학이었다네
바쁜 왜적들 외면했지
전혀 눈길조차 주지 않았네

사슴사냥

길림 함장골에
사슴 잡는 노인 있었네
활과 창으로 매번
힘들게 힘들게 잡았지
어느 날 눈 부리부리하고
콧수염 수북한 사내가
지나다가 찾아왔네

포수님은 하루 몇 마리 잡나요
열흘에 한 마리도 힘들지요
그러면 이렇게 한번 해보시지요
먼저 구덩이 함정 파고
거기다 잎과 나뭇가지 살짝 덮고
사슴이 전혀 눈치 못 채게 위장한 다음
그 위에 왕소금 뿌려보셔요

염분 즐기는 사슴이
소금 핥으려다 함정에 빠질 거외다
이렇게 사슴 잡는 비법

열 마리고 스무 마리고 잡는 비법
알려주고 간 사람 누구인가
그 이름 산포수 의병대장
홍범도 장군

혜산 가는 길

안도 명월구에서
독립군 총사령이 된 홍범도 장군
부하 200명 이끌고
혜산의 왜적수비대 치러 출동했네
행군 중 한 집에 들렀는데
가난한 그 집 가족 여러 끼 굶던 중
홍장군은 갖고 온 군량보따리
서둘러 갖고 오도록 해서
그 식구들 배불리 먹였네

밀가루 한 부대도
따로 갖고 오게 해서 전했네
너무 감동한 그 집 어미
울면서 독립군에 두 아들 바쳤네
저의 작은 보답입니다
우리의 홍장군
껄껄 웃으며 큰아들만 입대시키고
작은아들은 만류했네
엄마 곁에서 집안일 돌보며
민가의 연락책 맡겼네

배신자

한때 독립군이었던
그 배신자는 어느 마을에 머물 때
그곳 부녀를 겁탈했지
화가 머리끝까지 오른 홍 장군은
물푸레나무 두 단을 준비시켜
호된 군율로 다스렸네

이후 그놈이 부대를 탈주해서
일본군 앞잡이 되었네
왜적의 더러운 창귀倀鬼로 나타나서
집집마다 불 지르고
곡식 낟가리도 모조리 불태웠어
가슴 속에 복수심 끓었지

독립군에게 숙식 제공했다고
모진 보복 겪은 주민들
더욱 이를 갈며 정신이 곤두섰네
이 사무치는 원한 어이 하리
살아남은 남정네들
모조리 대한독립군 되었네

장씨 마을

돈화시 액목 서북쪽
깊은 산골에 움집 하나 있나니
여기 살던 장씨 할아버지 어딜 가셨나
다리 다쳐 걸을 수 없는
대한독립군 두 대원

숨겨주고 먹여주고
치료까지 해준 자상한 노친네
정성껏 돌보고 보살펴서
다시 독립군 부대로 돌려보내 준
그 고마움 어이 갚으리

이 사연 들은 홍범도 장군
부대 이끌고 일부러 찾았는데
쓸쓸한 오두막엔 바람 소리만
왜적들에게 꽁꽁 묶여 끌려간 뒤론
다시 오지 못했다네

전체 독립군 대원들

거기 서서 모두 눈 감고 묵념했네
텅 빈 오두막 하나지만
혼자 살던 노친네 추모하며
장씨 마을로 불렀네

감격의 도가니

어느 날 홍 장군이
독립군 부대 이끌고
밀산 당벽진에 도착했네
말로만 듣던 범도 장군 오셨다고
주민들 모조리 길에 나와 구경했네
특히 마을 보위단 청년들이
가장 기쁘게 반색했네

독립군 식사 마치고 쉴 때
청년들 홍 장군께 다가가 말했지
장군님 명사수로 소문나셨는데
과연 맞는지 보고 싶어요
우리랑 총 쏘기 시합할까요
오십 보 떨어진 돌담 위
참새 맞히기로 해요

그래 무슨 내기로 할까
청년들 자기가 지면 술사겠다고 했네
난 술대접은 싫어
지는 사람이 탄환 내기는 어떨까

내가 이기면 너희 각각 탄약 다섯 짐
내가 지면 너희 모두
독립군에 입대시켜 주마

이렇게 뜻밖의
사격시합 시작되었는데
청년들 총탄은 핑핑 빗나가거나
맞아도 참새 몸뚱이에 맞았네
범도 장군 사격은
쏘는 족족 참새 머리에 명중
가보면 몸뚱이만 남았지

이에 청년들 각각
탄약 다섯 짐씩 벌칙으로 내었는데
홍 장군은 그들 모두
독립군에 입대시켜 주었다네
사격시합 후 마을에서는
난데없는 독립군 입단식 열렸네
주민들 감격의 도가니

홍범도 엽전골

어느 초가을
한 부부가 밭에 갔는데
밭 가운데 웬 막대기 꽂혀 있고
그 끝에 헝겊 뭉치 달려있네
이게 뭔가 펼쳐보니 편지랑 엽전 열 잎
글 모르는 부부가
마을 선비 찾아가 읽어 달라 했네

밭 주인님 보세요
우리는 홍범도의병대
선발대 대원입니다
오늘 지나다 보니
잘 익은 호박이 보여
밭에서 우선 다섯 개 따가고
돈 조금 남깁니다

주인 없는 밭에서
함부로 따 미안합니다
백두산 곁의 그 마을

주민들 깊은 감동으로 들끓었네
그로부터 마을 이름 바뀌었네
지명도 곱고 빛나는
홍범도 엽전골

홍범도 장군골

연변 도문시
장안진 마을에는
소동골이란 곳이 있네
이곳은 홍범도 장군이 머물러서
한층 유서 깊은 곳

대한독립군 부대가
봉오동에서 왜적 쳐부순 뒤
왕청 부흥툰 거쳐 연길 의란구로
수백 명 이동 행군하던 중
잠시 쉬어가던 곳

숲에서 꿩 노루
산토끼 잡아 푸짐히 점심 먹던 곳
식사 후 두 패로 나누어
'승전가'와 '독립군행진곡'
기운차게 주고받던 곳

하루해 떨어지고

독립군 대원들 모두 떠난 뒤
왁자하던 소동골은 텅 비었지만
그날부터 주민들은 그곳을
홍범도 장군골로 불렀지

벙어리툰

북간도 동북쪽에
동흥촌이란 마을 있는데
거기 한 벙어리 소년 살았네
그 마을 부잣집 꼴머슴으로 5년 세월
부자는 한 푼도 주지 않았네
걸핏하면 매질하고
수시로 밥도 굶기었네

대한독립군이
그 마을 들렀을 때
이 벙어리 소년 찾아와
손짓발짓으로 하소연했네
홍장군은 고용주 불러 모든 것 따졌네
그간 일 바로 들통나고 말았지
홍장군 엄중히 말했네

이 소년의 밀린 삯전
모조리 빠짐없이 지급하라
혹시라도 왜적에게 밀고한다면

네 집 잿더미 될 테니 이를 명심하라
오, 생각만 해도 통쾌한 추억
그런 일 있은 뒤로 동흥촌
벙어리툰 되었네

* 툰(屯) : 마을을 일컫는 중국식 명칭

펄펄 나는 홍범도

홍범도의병대는
미리 삼수 공격 소문내고
부대를 중평장 운봉 쪽에서 왜적들
진로 차단하며 지연작전
그러다가 주력부대는
돌연히 갑산 쪽으로 달려갔지

왜적은 이것도 모르고
세 곳에서 삼수성 촘촘히 포위하며
조금씩 압박해 들어왔어
이때 유리한 고지 차지하고
숨죽이던 남은 의병대
재빨리 토벌대 선제공격했네

와장창 쳐부순 다음
날쌔게 산악고지로 이동했어
왜적토벌대 놈들은 온 힘을 다해
삼수성으로 쳐들어왔네
하지만 성은 횅뎅그렁

홍장군 유인전술에 속은 것

이때 의병대는 갑산 공격해서
왜적 수비분견 초소
순사 주재소 우편전신 취급소까지
모조리 불태웠네
통신기기는 다 작살내고
전신 전화선도 깡그리 절단했네

이 모든 게 왜적들 눈과 귀
온갖 침탈 도구 말끔히 다 제거했어
왜적들이 삼수에서 급보 듣고
뒤늦게 허둥지둥 갑산으로 달려왔지만
이미 의병대는 숲으로 사라졌지
펄펄 나는 홍범도 유격전술

5부

철병撤兵

독립군에 패한
일본군대가 사라졌네
늘 부대 쓰레기통 치우던 소년이
모처럼 총소리 그치고
고요하던 어느 늦가을 오후
일본군 부대를 갔더니
텅 비었어

입구 말뚝에 펄럭이던
일장기 사라져 보이지 않고
부대 울타리 둘레로
기다랗게 쌓았던 토성 다 무너졌네
천막으로 세운 막사도 없고
횅하니 빈터만 남았어
소년은 거기 섰네

여기서 꽥꽥거리던
일본군 놈들 다 어디 갔나
전투에 참패하고

또 공격받을 게 너무 두려워
니콜스크 우스리스크 쪽으로 떠나갔다네
놈들 안 보니 우선 속이 시원하구나
이젠 쓰레기 뒤질 일 없네

연해주 동포

옛 연해주 땅
동포들 두 패로 갈라졌네
하나는 진작 러시아에 귀화해서
토지 배당받은 원호元戶
그들은 지주처럼
거드름 피우며 살았지
늘 떵떵거리며 남 무시했지

뒤늦게 러시아 와서
원호의 땅 빌려 경작하던 여호餘戶
그들은 말 그대로 소작인
뼈 빠지게 일해도
가난은 언제나 대물림
원호는 이런 여호를
몹시 천대하고 업신여겼네

연해주의 홍장군이
가장 걱정하며 탄식하던 게
바로 이런 동포 간 갈등과 대립이었네

홍장군은 언제나
가난과 핍박 속의 여호들 편
이런 홍범도를
원호 놈들은 미워했어

피눈물

독립군 문승열의 아들
문금동은 올해 불과 열네 살
연해주 육성촌 사는 고려인 소년
거기 주둔하던 왜적 군부대의 쓰레기장
뒷정리하는 일 맡았지
헌 옷가지들 주워 팔기도 했어

대개 허접쓰레기였지만
어쩌다 왜적들 문서도 있었고
썩 드물게 불발 수류탄도 나왔어
쓰레기 뒤적거리다 보면
출동하는 일본군 동향 알 수 있었어
이를 아버지께 냉큼 알렸지

어느 달 없는 밤
혈성단원 비밀리에 다녀간 뒤
미행으로 몰래 염탐했던 놈들이
포승줄로 아버지 묶어서 끌고 갔어
금동이가 한참 쓰레기장에서 일하는데

피투성이 아버지가 옆으로 지나가시더래

손목에는 수갑 온몸엔 피멍
아버지는 일부러 눈길 돌리셨어
이를 보는 아들의 눈에 피눈물 났지
반드시 이 원수 갚으리라
그 이듬해 금동이는
곧장 홍범도부대로 들어갔어

육성촌에 오신 홍범도

연해주 시절
수이푼강 옆 육성촌 마을
문승열 집에 귀한 손님 오셨네
홍범도 장군이 부하 이끌고
푸질로브카 전투에서
왜적 부대 크게 무찌른 뒤
옛 후배 만나러 직접 오셨네

얼마나 반갑고 흐뭇한가
승열은 아끼던 권총 한 자루
장군께 바쳐 올리고
키우던 흑돼지 한 마리
부하들 대접하라며 내어놓았지
장군은 껄껄 웃으며
그 권총으로 돼지 쏘았어

단 한 방에 넘어진
돼지 잡아 푸짐한 잔치 열렸네
그날 밤 온 동네 사람 다 모여 희희낙락

다음날은 독립군 이끌고
밭으로 가서 조 수확
다 끝내놓고 뒷정리까지 말끔히
그리곤 홍범도부대 떠나갔지

범도 아바이

홍 장군이
속초 아바이 마을 오셨네
갯배를 타고 들어가
단천식당에서 순댓국 드시네

홍 장군은
마을의 여러 간판 둘러보시네
신포 정평 홍원 단천
이원 신창 앵고치 짜고치

얼마 만에 듣는
귀에 익은 마을인가
옛날 우리 의병대원들 중에
이곳 출신 많았네

육이오 터지고 일사후퇴
그 무렵 내려와 청초호 바닷가 쪽
모래톱 위에 따깨비 집 짓고
고기잡이로 살아온 함경도 사람들

나 그들 만나니
고향 사람 만난 듯 반갑네
여기저기서 터지는 박수와 환호
우리도 반갑소, 범도 아바이

청산리에서

청산리전투 끝난 뒤
왜적들은 죽은 자기 동료 들것에 실어
깊은 산골로 들어갔지
마을 노인들 시치미 뚝 떼고
모르는 척 물었네

황군皇軍 나리님들
지금 뭘 하시나요
보면 모르나 토비 놈들 시체지
듣기로는 황군도 많이 희생되었다던데
어떤 놈이 그 따위 헛소리를

우린 무적황군이야
늘 승승장구하는 사무라이들이지
비적 놈 총 맞아 죽은 꼴이
가엾고 불쌍해서
지금 힘들게 실어내 묻으러 가는 중

모두 우리가 쏘아 넘긴

홍범도 김좌진 비적 놈들이지
한번만 더 헛소리하면
가만두지 않을 거야
이 광경 두고두고 웃음거리였어

홍범도 흉상

당신께서
이 땅에 오시기 전
카자흐스탄 크즐오르다
고려인 공동묘지에 계실 때
제가 찾아뵈었지요

10권으로 펴낸
당신 일대기 서사시집을
무덤 앞에 바치고
절 드리며 저는 눈물 쏟았지요
어찌 그리 서럽던지요

무덤 위에는
고려인 조각가 작품의
당신 흉상이 우뚝 서 계셨어요
슬픔도 애잔함도
영웅호걸의 기상도 느꼈지요

그런데 어렵게

고국으로 돌아오시어
대전 땅에 다시 묻히신 뒤로
무슨 이 따위 망나니짓 일어났는지
그 창피함 생각조차 싫어요

어느 반역자의
궁리 속에서 나온 발상인지
당신을 빨갱이로 몰고
독립운동사 모두를 지우려 하는
저놈들은 필시 왜적 앞잡이 맞겠지요

알 사람은 다 압니다
이런 막된 폭거와 모멸을 다 압니다
절대 그놈들 용서치 않을 것입니다
끝까지 악당들 죄를 묻겠습니다
장군님 걱정 마소서

의병대원

그저께는 거창
어제는 마산 대구 오늘은 포항과 대전
모레는 백제의 고도 공주
글피는 저 멀리 충남 보령 땅
날마다 서둘러 다니는 길

이 길은 홍장군 살리는 길
고난과 시련 속의 홍장군 구출 길
도탄과 위기에 빠진 나라와 겨레 구하는 길
힘들어도 피로는 가라
내 온몸 굴려서 범도 장군 기리리

나라에 심한 망조 들어
돌연히 못된 도적 떼 지어 나타나
홍장군 흉상 철거하고 매국노 흉상 세운다니
독립운동사 부정하고 허물어뜨리니
분명 겨레의 혹독한 재난일세

나는야 홍범도의병대

빛나는 대원으로 이 한 몸 바치리
몸 늙었으나 정신은 푸르다네
총 대신 붓으로 칼 대신 온갖 설득으로
세상의 무지와 편견 다스리리

북만주 밀산의 홍범도

홍범도 장군은
의병대 사업이 곤경에 빠지자
북만주 밀산으로 떠났네
거기 권업회 농장에서
장차 펼칠 대일항전 준비했네
교육 문화 계몽 사업에 온힘 쏟았네
내가 제대로 배우지 못했으니
어린이와 청년들 많이 배워야 한다고
틈날 때마다 역설했네

백암 박은식이
밀산에 들러 이 광경 보았네
깊은 산 누비며 사슴 잡고
장날에는 땔감 나무해다 팔며
엿도 고아서 팔고
감자 심어 허기 채웠네
다 쓰러져가는 오두막에 들어
추위와 굶주림에 떨면서도
전혀 걱정 기색이 없었네

오로지 망국 생각
자나 깨나 나라와 겨레 걱정
어쩌다 한잔 술 오르면
비분강개해져 노래 부르다 통곡
세속의 명예나 공리는
몸과 마음 더럽히는 주범
몸속의 피는 충의로 가득했네
오, 그들 누구인가
모두 지난날의 의병 장령

반역자

함경도 단천은
친일 매국노의 터전
군수부터 일진회 간부였고
이웃 고을 친일파들이 단천으로 몰렸네
온갖 요직은 놈들이 독점하고
부패 탐학에 몰두했어

홍범도의병대는
먼저 운승리로 잠입해
그곳 일진회원 모조리 처단했네
특히 원충동元忠洞은 반역자 놈들 소굴
마을 이름자의 충성은
결국 왜적에 대한 충성이었구나

나라와 겨레 갉아먹는 좀벌레들
홍범도의병대는 일단
촌장 최성학이 이웃 밀고해서 번 돈
압수해 군자금으로 넣고
반역자들 꽁꽁 묶어 세운 다음

주민들에게 크게 알렸네

조국 배반하고
왜적 앞잡이로 몸 바치는 자
마땅히 이렇게 되리라
매국노는 우리 의병대가 즉시 쓸어낸다
가슴 서늘하고 후련한 글귀
멀리서 총소리 들렸네

노두구 전투

봉오동전투 직후
홍범도 장군은 부대 이끌고
간도 연길 의란구로 주둔지 옮겼네
일본영사관 왜적들은
미친 듯 뒤쫓아 따르는데
노두구 탄산리에서 마주쳤네

홍장군이 먼저 적을 보고
야산 참나무 숲 세 곳에 잠복시켰어
한창 보리가 익어 가는데
왜적들 그 보리밭 헤치며 다가왔지
홍장군 곧 전투태세 내렸어
내가 쏘기 전에
그 누구도 먼저 쏘지 말라

왜적들 보리밭 빠져나와
막 산기슭 오르는데
홍장군이 신호탄 발사했지
무방비 상태에서 공격받은 왜적들

혼비백산 달아났어
스물여덟 중 여섯 살아 도망쳤고
시체 스물둘 남기었네

이 승전보가
또 한 번 세상 놀라게 했네
누가 궁금해 물었어
의병대는 대관절 언제 쉬나요
홍장군이 곧바로 대답했네
우리가 힘껏 싸우다 죽는
바로 그날이지요

사랑이 지극한 홍범도

대한독립군
지나간 마을마다
주민들은 늘 '우리 홍범도 군대'
정겹게 사랑을 담아서
가족이나 친구처럼 말했어
어느 마을에 머물 때
한 청년대원 앓아누웠지

홍 장군은
줄곧 그 옆에 머물러
의사 부르고 약 지어다 손수 달이고
미음도 쑤어서 먹였어
이마에 손 짚으며
걱정 가득한 눈빛으로 보았지
그러면서 하시는 말씀

야 이 사람아
어서 나아서 일어나거라
왜적 잡으러 가야지

이렇게 말씀하시고 나서
기어이 당신 외투 벗어 덮어주었네
그 모습이 꼭 친아버지가
자식한테 하는 광경

청년대원은 눈물 철철 흘렸어
주민들 그 광경 보며
울지 않은 사람 없었네
이런 홍 장군 믿고
아들 입대시킨 주민들 많았지
독립군 떠날 때까지
뜨거운 마음으로 모셨어

장군의 귀환

왜적과의 한판 접전 앞두고
홍 장군은 북간도 어느 산정에 올랐네
부관과 대원이 뒤따랐네
장군은 두만강 너머로 헐벗은
고국 땅 바라보셨네

오호라 내가 내가
몇 해 만에 바라보는 고국산천인가
저 땅이 어찌 시련 속에 계신가
두 눈엔 눈물 그렁그렁
뒤에 선 부하들도 목이 메었네

지금 그 고국에 오셨네
어렵게 어렵게 돌아오셨네
78년 만의 귀환
그토록 그리던 고국이 맞는지
우리는 장군께 조심조심 물어 보네

왜 우리는 장군의 깊은 가슴

헤아리지 못하는가
어찌 이토록 무엄하게도
폭언과 야비한 말 마구 쏟아내나
우리가 이런 후손이었나

마지막 대접

홍범도 장군은
말년에 검정돼지 키우셨네
시장에서 사 온 어린 것 두 마리
늘 먹이 주고 돌보셨네
녀석들 밥때 챙기고
쑥쑥 자라는 거 보는 게 낙이었네

그 돼지 다 자랐을 무렵
옛 부하들 기별해서
한 마리 잡아 푸짐한 모꼬지 열었네
모두 웃고 떠들며
그 시절 회고가 즐거웠지
홍장군은 그날이 참 흐뭇했었네

한 부하가 물었네
남은 돼지 언제 잡으실 거냐고
이에 홍장군 대답했네
내가 곧 머나먼 길 떠나는데
그때 와서 다 함께 나누어 드시게나
내 마지막 대접일세

산문

홍범도 장군이 이 땅에 오신 뜻

이 동 순

　세월이 간다는 것은 무엇인가. 그것은 마치 강물이 흘러가듯 바람이 불어가듯 스쳐 지나간다는 뜻이다. 그 과정 속에 시간은 어떤 흔적의 발자국을 남긴다. 때로는 흔적이 상처가 되기도 하고, 또 미련으로 머물러 있기도 한다. 하지만 우리는 거기에 일일이 일희일비하지 말아야 한다. 어떤 풍파나 시달림 속에서 힘들게 보냈던 시간이었다면 더욱 자신을 잘 버텨내야 한다. 왜냐하면 우리는 우리 앞에 다가오는 새로운 시간의 분량을 또 살아가기 때문이다. 지나간 세월의 상처에 연연하며 거기 묶여 헤어나지 못하는 것은 어리석은 자의 표본이다.

　우리는 한 세기 전 격동의 삶을 골고다의 십자가처럼 어깨에 짊어지고 혼자서 외롭게 힘들게 이끌고 가셨던 한 분을 생각해 본다. 누구냐 하면 바로 홍범도 장군이다. 그의 삶은 시대도 그러했지만 타고난 배경이 오로지 숨 가쁜 고난의 연속이었다. 어느 한순간도 안정과

평화의 세월이 없었다. 우리는 그것을 운명이라 일컫는다. 성장기와 청년기, 산포수가 되어 의병장으로 종횡무진 달리던 시기, 크고 작은 독립전쟁에서 항일유격대장으로 빛나는 성과를 이룩하던 시기, 비극적인 몰락과 침체로 상심에 빠지던 시기, 기어이 운명의 폭풍에 떠밀려 가련한 쪽배처럼 지향 없이 방황하던 강제이주 시기 등등. 우리가 흔히 상상하는 고난의 갑절도 넘는 생애를 그는 살아갔다. 아내와 두 아들마저도 아비보다 먼저 떠나갔다. 옛 부하들도 다 사라지고 홀로 바람 찬 이국의 거리에 외롭게 혈혈단신으로 남았다. 아주 초라하고 볼품없는 늙은이로 가난한 집에서 병고에 시달리다가 쓸쓸히 세상을 떠났다. 차라리 격전지에서 전사했거나 안중근처럼 거사 후 체포되어 형장의 이슬로 사라졌더라면, 민족영웅의 삶으로서 완결성과 그 미학을 더욱 그럴듯하게 갖추었으리라. 그런데 장군께서는 일흔이 넘고 팔순 가깝도록 살았다. 말하자면 너무 오래 사신 것이다. 그러니 그 모질고 흉한 온갖 오욕을 모조리 견디어야 했던 것이다. 하지만 하늘로부터 부여받은 인간의 수명을 어찌 스스로 조절할 수가 있으리오.

홍범도 장군은 혼자 이국에서의 고독한 삶을 살아가면서 자연스럽게 중앙아시아 전체 고려인들의 정신적 중추가 되었다. 그곳 고려인들은 참으로 천애고아天涯孤兒와 같은 힘든 삶을 살았다. 그들은 홍범도 장군을 부모처럼 기둥처럼 믿고 의지하면서 간고한 삶을 버티어 갔다. 우리는 그런 그분의 무덤을 둘러 파서 유해를 뜬금없이 국내로 모셔 왔다. 당시로서는 일견 아름답고 감동적인 장면이었다. 하지만 고국 땅에 돌아온 지 불과 두 해 만에 홍범도 장군이 겪은 온갖 시련과 모욕은 과연 무엇을 의미하는가. 어찌 귀하디귀한 민족적 상징을 어렵게 모셔다 놓고 최근 우리는 어떤 모멸과 상처를 공격적으로 퍼부었던가. 그토록 한국의 유골 봉환 계획을 반대하던 고려인들과 북한당국의 불만을 이겨가며 힘들게 모셔온 홍장군이 아니던가.

그런데 우리는 봉환 이후 온통 홍범도 장군을 짓이기고, 그 존귀한 위상과 체신을 훼손하는데 온힘을 다하였다. 이런 흉포한 짓을 주도했던 뉴라이트 무리들과 그 동조자들은 단언컨대 분명 우리 겨레가 아니다. 그들은 토착왜구였거나 근원적 반역자임이 분명하다. 일생을 고난 속에 살다 간 민족영웅을 모셔다 놓고, 이 무슨 해괴한 망동이었던가. 엄정하게 말해서 우리는 그분을 국내로 모실 자격을 갖추지 못했던 부끄러운 후손들이다. 너무도 창피하고 수치가 느껴져서 고개조차 들 수가 없다. 고약한 무리들이 주도하는 이런 둔주遁走와 역린逆鱗의 세월은 당분간 이어질 분위기다. 이 시점에서 그간의 흥분된 가슴을 쓸어내리며 다시금 마음을 차분히 정돈시켜 본다.

우리는 다섯 가지 측면에서 홍범도 장군이 이 땅에 오신 뜻을 간추려본다.

첫째 홍범도 장군은 이 땅에 오셔서 우리 삶에 뿌리박혀 있는 무지와 둔감, 맹종의식을 걷어내라는 지엄한 명령을 주셨다. 우리는 그간 너무도 시대변화에 눈을 감고 몰지각하게 살아왔다. 얼마나 격동의 세월이었던가. 그러한 격동에 능동적으로 대처하지 못하고, 그저 소극적으로 움츠리며, 자신의 신변보호와 개인안보에만 철저한 이기적 기회주의적 시간을 살았다. 많이 늦었지만 이제라도 정신을 차리라고 홍장군은 우리에게 당부한다. 이런 홍장군의 상징적 표상은 먹구름을 걷어내고 쏟아지는 눈부신 아침햇살이다.

둘째 홍범도 장군은 이 땅에 오셔서 우리에게 사람 사랑하는 법을 일깨워주신다. 장군의 일생은 춥고 힘들고 가난한 겨레를 위해 온몸을 바치셨다. 장군의 행적을 낱낱이 따라서 더듬어가노라면 어찌 그리도 겨레사랑으로 철저히 무장된 분이었을까 새삼 감탄을 거듭하게 된다. 반역자를 미워하고 응징하며, 가난한 백성들을 위해 온 힘과 정성을 쏟은 장군의 사랑과 피땀 어린 노력을 생각한다. 그 일관된 삶의 표상을 우리는 산골짜기와 강물 위에 걸쳐 있는 아침안개, 해맑은 바람 향기에 비견할 수 있다. 사람을 사랑할 줄 모르는 현대 한국인들에게 홍장군이 보내오는 메시지를 가만히 음미하고 성찰해보라는 말을 전하고 싶다.

셋째로 홍범도 장군이 이 땅에 오신 뜻은 야만과 맹목성을 깨어 부수라는 단호한 분부이다. 오랜 식민지와 분단의 후유증에 시달려온 우리는 표독한 분단모순이 빚어낸 가장 전형적인 야만과 맹목성에 터무니없이 길들어 있다. 그 야만과 맹목성을 마치 우리가 예로부터 몸에 지녀온 용감성인 것처럼 여기며 비겁한 착각 속에서 우쭐거린다. 사람과 사람 사이를 아주 쉽게 갈라치기로 분리하고 너와 나를 갈등과 대립으로 휘몰아가며 자신과 뜻이 다르면 무조건 '빨갱이'라는 이름의 소름 끼치는 적으로 규정하는 폭력을 서슴없이 저지르고 있다. 이런 우리의 비천한 꼴을 홍장군은 탄식과 분노의 눈으로 노려보시며 지금도 일어나서 우리에게 돌주먹, 무쇠주먹을 굳게 쥐고 흔든다. 그 뜻이 무엇인지 눈치라도 채겠는가.

넷째로 홍범도 장군이 이 땅에 오신 뜻은 너무도 게으르게 살아온 우리의 무계획, 무책임, 무정견, 무분별을 엄중하게 나무라고 질책하며 속히 그것을 깨어 부수라는 요청과 맞닿아 있다. 가만히 생각해 보면 얼마나 우리가 대책 없는 삶을 살아왔던가. 식민지와 분단의 세월을 살아가며 그저 눈치나 살피고 자신에게 이로운 기회만 포착하며 거기에 냉큼 휩쓸려버리는 우매한 태도를 떠올리게 된다. 이러한 행태가 지금 우리에게는 천연덕스레 체질화되어 있다. 장군은 우리의 이런 꼴을 진작 눈치채고 계신 것이다. 그러면서 홍장군이 우리에게 넘겨주는 것은 뜻밖에도 오래전부터 당신께서 품속에 지녀온 활과 화살촉이다. 그 우둔한 중심을 스스로 파쇄破

하여 새롭게 일신된 삶을 살아가라는 당부를 하신다. 이 뜻을 우리가 절대로 외면해선 안 된다.

다섯째로 홍범도 장군이 이 땅에 오신 뜻은 아무런 반성과 변혁이 없는 우리의 한심하고 둔감한 꼬락서니에 줄곧 매서운 질타를 보내주신다. 이런 홍장군의 모습은 지금 이 시간에도, 우리 국토의 세 군데 둘레에서 철썩이는 밀물과 썰물의 상징으로 기운차게 다가온다. 우리는 그간 얼마나 반성 없는 시간을 살아왔던가. 매국노를 애국자로 둔갑시키고, 매국노가 언제나 득세하며 모든 기회를 독점하는 세월을 살아온 것이다. 정의가 불의로 둔갑하며 불의가 마치 정의처럼 의기양양하게 행세하니, 이런 역천逆天의 시간을 하늘은 과연 용납할 것인가. 우리가 살아가고 있는 국토의 대자연은 우리에게 귀한 메시지를 줄곧 끊임없이 보내오건만 우리는 그것을 전혀 눈치조차 채지 못한다. 눈과 귀와 코를 손바닥으로 가리며 유익한 충고를 차단한 채 아예 받아들일 자세조차 갖추지 않고 있다. 제발 정신 좀 차려라.

이렇듯 개결한 당부와 시대적 역사적 요청을 날마다 일깨워주시건만 우리는 홍장군의 피 끓는 말씀에 줄곧 냉담하다. 이를 먼저 눈치채고 불안을 느낀 반역의 무리들이 호들갑을 떨면서, 최근 우리의 독립운동사를 표적 삼아 함부로 뭉개고 지우려 했다. 그 가운데서 유독 홍범도 장군에 대한 모멸과 핍박이 가장 심했다. 이에 대한 저항의 기세가 세차게 일어나자, 반역의 무리들은 잠시 주춤거리긴 했지만, 그들은 또 뻔뻔하게 밀어붙일 것이다. 산업쓰레기나 폐기물을 버리듯 반역자들은 우리의 독립운동사를 '철거'하려고 한다. 어찌 '철거'라는 무지막지한 말을 어디에다가 함부로 쓰는가. 저 반역의 무리들이 섣부른 불장난을 저지르기 전에 우리가 먼저 각성하고 깨어나 그들의 폭거를 막아내어야 한다. 그들의 망동을 '철거'해야만 한다. 그런 점에서 홍범도 장군이 이 땅에 오신 뜻을 하나하나 되짚어보며 이 시간 우리 삶을 신중히 음미하고 성찰해 가야만 하리라.

　내가 2023년 삼일절을 앞두고 『민족의 장군 홍범도』 평전을 발간한 것과 또 장군이 서거하신 시기에 맞춰 발간한 시집 『내가 홍범도다』, 그리고 이번에 출간하는 시집 『홍범도』의 출간 배경은 바로 여기에 있다. 그것은 내 나름대로 나에게 주어진 항쟁抗爭의 방식이다. 홍범도 장군은 조용한 시간이면 늘 나에게 오셔서 조곤조곤 말씀을 들려주신다. 그것은 주로 새벽 시간이다. 어조는 낮지만 거기엔 힘찬 메시지가 들어있다. 나는 마치 왕조실록을 기록하던 사관처럼 그 말씀을 낱낱이 받아 적는다. 한 대목 한 대목이 모두 우리 가슴에서 오래 오래 성찰하고 되새길 귀한 말씀들이다.

황금알 시인선